도원의 아침

이한국 시집

북랜드

국립중앙도서관 출판시도서목록(CIP)

도원의 아침 : 자운 이한국 시집 / 글쓴이: 이한국. ---서울 : 북랜드, 2018
p. 184 : 14.8×21cm

ISBN 978-89-7787-815-0 03810 : ₩ 15000

한국 현대시 [韓國現代詩]

811. 7-KDC6
895. 715-DDC23   CIP2018036698

이한국 시집

도원의 아침

초판 발행 | 2018년 11월 20일
재판 인쇄 | 2018년 12월 3일
재판 발행 | 2018년 12월 7일

글쓴이 | 이한국

펴낸이 | 장호병
펴낸곳 | 북랜드
  06252 서울 강남구 강남대로 320, 황화빌딩 1108호
  대표전화 (02) 732-4574
  팩시밀리 (02) 734-4574

등 록 일 | 1999년 11월 11일
등록번호 | 제13-615호
홈페이지 | www.bookland.co.kr
이-메일 | bookland@hanmail.net

편집작가 | 강재현
편   집 | 김인옥
교   열 | 배성숙 전은경

ISBN 978-89-7787-815-0 03810

값 15,000원

도원의 아침

글쓴이의 말

억겁의 인연으로 세세생생 윤회 속에서 이어온 만남이여!

오늘 우리가 함께한 도원의 인연들은 선업을 통하여 필연으로 맺어진 지고지순한 인연이라 여기나이다.

임들이 온전한 마음과 영혼으로 인생을 바르게 열고자 도원 진리 공부에 진심을 다할 때마다 이내 가슴속에 감동으로 느껴지는 것은 이심전심으로 진실이 통하기 때문입니다.

임들의 마음 한 켠이 힘들어지고 고달픔이 찾아오면 이내 가슴 언저리도 아파오고, 임들의 마음 행복감으로 얼굴에 미소가 가득하면 이내 마음도 보람으로 충만해지고, 임들의 바른 깨우침으로 지혜가 열리면 이내 영성 또한 맑은 시냇물처럼 청청히 다가옵니다.

임들의 밝은 미래를 위해 도원의 진리를 만방에 전하여 우리 모두 빛난 인생 열어갈 수 있도록 이 한 몸 바칠 것을 하늘에 고하였고, 수행을 통하여 영감으로 받은 느낌과 자연 진리 공부로 얻은 깨달음을 물 흐르듯 써 내려간 시문들을 책으로 엮어 내어 많은 분들이 소장하며 보실 수 있도록 준비해 보았습니다.

필자는 전문 시인이 아닌, 수행자로서 영감이 오는 대로 한 문장 한 문장 써 내려갑니다. 문맥이나 문투는 다소 투박하지만 깊은 신심의 정성으로 자연의 이치를 담아낸 글들이므로 많은 분들께서 공감하며 공유하시면 여러분들 내면의 양식이 쌓이는 데 도움이 되실 거라 믿기에 미비함을 감추지 아니하고 있는 그대로를 전해드리고자 합니다.

이 시집을 공유한 님들은 저와 좋은 기운으로 함께 소통할 수 있으며 하늘이 도우신 인연으로 다함께 행복 인생 열어갈 주인공임을 믿어 의심치 않나이다.

함께하시는 모든 인연을 위해 언제나 정성스런 마음으로 건강과 행복이 함께 하시고 큰뜻 열어가시길 축원 올리겠습니다.

도원 가족과 인연 닿으신 모든 국민들과 강호제현께 감사드립니다.

도원대학당 태사, 자운 배상

차 례

2
마음의
거울

3
생활의
진리

真
理

4
기도와
명상

冥
想

5
자연의
순리

1장

도원의
인연

모든 깨달음은 자신의 본성을 찾아 바르게 사는 데 있다

참사랑

우리는 사랑이라는 단어를
늘 사용하지만
진정한 사랑은 먼저
자신을 사랑하는 것입니다.

자신을 사랑할 때
남을 사랑할 수 있는 힘이 생기고
자신과 남이 하나임을 알게 됩니다.

당신 자신이 이 세상에 존재할 때
모든 인연이 존재하고
모든 인연이 함께할 때
당신도 존재 가치가 생기게 되며
상대를 위해 노력하는 것은
즉, 나 자신을 위하는 것이 됩니다.

널리 모두를 사랑하면
모든 인연은 따라 밝아지고
사랑으로 회자되어 돌아옵니다.

진정한 사랑으로 너와 내가 하나를 이룰 때
가정의 빛이 되고
이웃의 모범이 되고
사회를 이롭게 하고
온 세상을 다 밝힐 수 있는 등불이 됩니다.

도원의 인연

천 · 지 · 인 삼기天地人 三氣로
하늘이 맺어준 인연이구나

오늘날 이 시절에
도원의 인연으로
큰 가슴에 대의를 품고
서로의 심중을 열고 보니
도원공부 품은 참뜻
홍익이념 분명하구나

우리의 깊고 깊은
영겁의 인연으로
현세에서 맺은 도원결의
천지인 기운으로
세상을 깨우러 나가노라

천리마에 올라
청룡검 휘두르며
적벽대전 승리하듯

대의명분 기상 품고
휘부는 바람 가르며
긴장의 숨소리 정적을 깨듯

도원 진리 깨달음 공부
영성 질량 채워가고
일편단심 믿음으로
이 나라 이 백성 위해
말없이 말없이
홍익세계로 유유히 가노라

인 연

그대는 순백의 여인이고
이 몸은 기백의 장부일세

우리 어느 세상 속에서
세월을 넘나들며 살았던
깊고 깊은 인연일지니

어떤 업연으로
큰 뜻을 나누었는지
아름다운 사랑으로
가슴을 나누었는지
알 수는 없지만
그대와 나는
변함없는 벗님임을
영혼으로 느낄 수 있어라

아!
그대 한 서린 가슴을
다 품어 안을 수 없지만

늘, 가슴 한자락 내어주고
희로애락 함께하고 싶은
열망은 변함없으리라

전생으로 묻어온 영혼이여!
현생으로 맺어진 인연이여!
그대에게 지은 빚 다 풀어내고
여한 없이 생을 어미고자 하노라

스승이 되어주신 어머니

– 어머님 전, 올리는 글

가슴으로 사랑하고
마음으로 존경하고
깨우침으로 지도하시며
영혼으로 전해오는
스승과 같은 어머니어라!

새벽잠 거르시고
조왕신에 정화수 올리시던 어머니
숨결마다 손끝마다
정성 아님이 없네

비바람 몰아치고
눈보라 휘날려도
쉼 없이 쏟는 정성은
끊일 날이 없어라

아! 그 누구를 위한 정성인가?
혼불 사르며 일심으로 뿜어내는
작은 기도 소리
바람에 실어 하늘에 전해진다.
철없는 막내아들은
홀연히 전해지는
어머니 숨결 소리

가슴으로 전해져 옴을
온전히 느껴본다.

누더기가 된 삼베적삼
또 한 번 기우시고
맨발 고무신에 아침 서리 맞으시며
화전으로 오르시던 어머니

어린 아들딸 잠깰세라
조심스레 한 발 두 발 오르시던 언덕길
열두 살 소년은 그 마음 아는지 모르는지
그저 어머니 발자국을 따라잡네

어머니 구슬땀은 등골을 적시고
밭고랑 넘나들며 두 고랑 매어가면
열두 살 소년은 밭고랑 경주하듯
어머니 치마폭을 따라잡네

흠뻑 젖은 옷소매는
진흙들로 범벅이 되고
이슬에 젖은 치맛자락
물수건이 따로 없네

아, 가난이여!
어머니 저 고생을 언제까지
끌고 가려는가!

모진 가난으로 길들여진 부모님
여한을 어느 것으로 풀어야 하나이까?
이 한 서린 가난을 어찌하면 떠나보낼 수 있나이까?
하얀 쌀밥이면 만족할 수 있는
이 소원을 하늘에 빌어봅니다

절절히 맺힌 이 여한을 반드시 풀어
부모님 크신 은혜
효심으로 갚고자 하나이다

내 나이 스무 살 넘어
하늘의 명을 받아
가난과 이별하고

서른이 넘어서
입지성공을 부모님께 바치고

마흔이 넘어서 회한을 풀고
쉰이 넘어서

홍익이념 펼치고자
이 한 몸, 바칠 것을 하늘에 고하고

부모님 전, 욕되지 않는
아들이길 바라는 열두 살 소년이
지금 여기 있나이다

세상 사람들 비웃어도
소신을 지키시며
한학 공부 길을 열어주시고
댕기머리 빗어주시던
그 손끝에 담긴 한마디 깨우침을
어느 스승에 비하리이까?

어버이시여!
사랑합니다!
존경합니다!
가슴으로 품겠나이다!

소중한 인연

우리는 만남을 인연이라 하고
인연이 다함을 이별이라 말하지요

만남의 인연은
전생의 업연을 통하여
하늘의 뜻으로 이루어지는 것입니다

그 인연을 아름답게 이어가는 것은
자신의 성실한 노력을 바탕으로 하여
내공으로 채워지는 영혼이 있어야
영속할 수 있습니다

우리의 영성은 인연 속에서
성장하고 밝아지는 것이며
생의 행복을 만들어가는 것이기에

우리 앞에 주어진 모든 인연은
받아들이기에 따라
나를 깨우치는 소중한 공부 재료가 되며
인생 화폭에 수묵화를 완성해 가는

묵향과도 같습니다

우리 인생의 밑그림은
하늘이 주신 인연 속에서 부여받지만
작품을 완성해 나가는 것은
나에게 있음을
바르게 알아야 합니다

우리 다 함께 소중한 인연을
바르게 가꾸어
인생의 화폭에 담아
멋진 작품으로 승화시켜
영원불멸 행복세계로 이어가길 바랍니다

나와 우리는

나와 상대가 있을 때
'우리' 라는 말을 사용합니다.

사람 인 "人" 자의 형상적 의미로,
사람은 서로 받치고 있을 때
둘이 아닌 하나의 기운으로
살 수 있게 되며
우리가 되는 것입니다.

우리는 서로 상생을 이룰 때
큰 기운을 얻게 되며
큰 기운은 운을 좋게 하고
좋은 운은 자신의 팔자를
긍정으로 이끌어갑니다.

항상 '나' 라는 주체로 살면
사적인 기운으로 성장하여
작은 기운을 쓰게 되고
'우리' 라는 공동체 기운으로 살면
공적인 기운으로 성장하여 공익적인

큰 기운을 쓰게 되며
하늘이 항상 우리를 돕게 됩니다.

진정 '내' 것이라는 집착을 내려놓고
'우리'라는 마음으로 인생을 열어갈 때
이타덕행 공복실현이 가능해집니다.

우리가 일반적으로 호칭할 때
내 가족이 아닌
우리 가족, 우리 부모, 우리 형제, 우리 부부
우리 자식이라는 단어로 호칭하는 것이
바른 기운을 쓰게 되는 것입니다.

우리 모두가 공적인 기운으로 성장하여
한민족 온 인류가 하나임을 깨달아
대자연의 큰 기운을 쓸 수 있는
홍익인간이 될 수 있도록
'우리'라는 이름으로 함께 살아갑시다.

현생에서 천상까지

여보게!
무슨 욕심이 그리 많으며
무슨 집착이 그리 많으며
무슨 여한이 그리 많은가?

현생에서 무거운 짐
다 내려놓아야 영혼이 가벼워
천상으로 갈 수 있을 텐데
그리 무거우면
어찌 가벼운 영혼 해탈 이루겠는가?

공수래공수거라 하지만
어허! 그렇지 않다네!
현생에 주어진 물질은
다 놓고 가지만
영성으로 느끼고 가득 채운
업연은 자신이 짊어지고
가야하는 것을….

자신이 지은 복덕
자신이 갖춘 지식
자신이 득한 깨달음은
영성으로 빛나는 수레에

가득 싣고 천상길로 향하고

자신이 지은 악업
자신이 지은 구업
자신이 만든 집착과 여한은
탁한 영혼 수레에 가득 싣고
무거운 중천길로 향한다네.

부귀도 집착으로 바로 쓰지 못하고
주어진 복도 어리석어 누리지 못하고
좋은 인연도 감사함으로 받지 못하고
끝없는 욕심으로 여한만을 남기면
부질없는 허망 인생 만든다네.

우리 모두 바른 깨우침으로
영성 질량 채워가고
주어진 복만큼
이타덕행 실천하여
여한 집착 내려놓고
원시 반본 열반 경지
필연으로 이루어내소.

도 반

그대이념 나의사상
마음밭에 씨뿌리고

심법공부 영성질량
채위주며 서로돕고

호연지기 내공으로
큰뜻세워 펼치고자

일편단심 정성으로
도반인연 맺었다네

어느세월 폭풍한설
어느인연 갈등오해

어느환경 펼치고자
불변믿음 함께하여

장부대의 펼치고자
도원공부 함께하여

홍익이념 펼치는길
어느누가 막을손가

천지신명 도우시고
호위신장 지켜주며

도원 가족 일심으로
만인위해 노력하니

자연으로 쌓인공덕
필연으로 돌아오네

하늘인연 도반으로
빛난인생 살다가리

도원의 아침

청정한 도량, 도원의 아침
용맥 굽이치는 산자락을 타고 흐르는
가을바람의 청량한 기운에 흥취 되어
고요한 마음, 맑은 영혼으로
한 발 두 발 둘레길 따라 발걸음을 옮겨본다.

송림 사이로 풍기는 솔향기는
이 가슴 활짝 열게 하고
자연 속으로 동화되어
동심으로 인도하네.

소나무 언덕 사잇길로 들어서면
은연히 피어오르는 물안개
꿈길을 만들어주고
연못가 두꺼비바위 등에 앉고 보니
눈 자락 아래 홀연히
나타나는 황금 잉어
부끄러운 소녀처럼 스치듯 사라지네.

아!
산과 연못 배산임수 무릉도원이
여기를 이름이구나!

이 연못에 돛단배 띄워
임들과 함께 앉아
곡차에 정담을 나누며
도원의 꿈을 키워가리라.

도원 축제의 밤

너와 나는
가슴을 열고
어깨를 나란히 하며
음률에 맞추어
어우렁 더우렁 춤사위로
대화를 나누어 본다.

가슴속에서 터져오는
형형색색의 미소들
숨어있는 재주들이 용솟음치며
뿜어져 나온다.

근심 걱정 모다 내려놓고
나이 체면 모다 던져놓고
격조 의식 모다 풀어놓고

하나된 동지로
하나된 벗으로
하나된 도반으로
흉금을 열어놓고
깊은 정을 느껴본다.

장작불 불티들은
별빛으로 타올라 달맞이를 이루고
보름 달빛은 영롱히
도원의 밤을 밝혀주네.

벗님들이여!
도원의 인연으로 만나
매인 가슴 풀어놓고
큰 교감 이루니
긴장 속으로 묶인 사연
스스로 녹아내리네.

너의 사연
나의 사연
장작불에 올려놓고
음률에 춤추며
산천의 새 기운 받아
내일의 꿈 살려내어
빛난 인생 이루리라.

귀인

귀인은
스스로 귀인 될
자격을 갖추었을 때
귀인을 만날 수 있습니다.

귀인은
나를 위로만 해주는 것이 아니며
바른 깨우침으로 앞길을 열어주는 것이
소중한 귀인입니다.

귀인은
반드시 선연에만
있는 것이 아니며
어떤 인연이든 공부로 받아들여
서로 득 되게 이루어갈 때
바른 귀인입니다.

귀인은
행복감을 주는 데만 있는 것이 아니며
모든 인연에 감사함을 깨닫게 하여
스스로 행복감을 찾을 수 있도록 도와줄 때
복된 귀인입니다.

귀인은
멀리 있지 아니하며
우리가 가장 소중히 여길 수 있는
도원 가족들이 진정 귀인입니다.

천명의 인연

천 번의 인연으로도
부족함이 있었던가!

태고 이래로
억겁의 인연을 통해
하늘의 명을 받아
그대와 내가 인연하였던가!

혼백을 불사르고
육골이 다하도록
염원을 담아
이념의 인연으로 만난 것인가!

어떤 사명이기에
어떤 운명이기에
어떤 인연이기에
소가죽보다 질긴 인연이 되었는가!

아!
거역할 수 없는 천명의 인연이라면

'너' 와 '나' 의 인연을 넘어
'우리' 를 만드는 인연으로
온 세상을 밝히는 등불이 되어야 하리!

영원불멸의 비물질 영혼으로
온전한 깨우침으로
하늘이 주시는 복과
땅이 주시는 덕과
사람이 주시는 은혜를
바르게 품어 안고

저 넓은 세상
저 많은 백성들을 위해 혼불 사르며
다 함께 도원 진리로
이타공복 이루는 날
티 없이 푸르른 창공을 나는 백학처럼
한량없는 꿈으로 미소 지으며
날갯짓으로 춤을 추리라!

인연과 운명

하늘의 뜻을 인간으로서
100프로 알 수는 없지만
우리의 만남은 인연이요
우리의 인연은 운명이요
우리의 운명은 하늘의 뜻입니다.

홀연히 그 임을 보낸 것은
당신을 맞이할 자리를 만들고자 함이며
새로운 당신이 더없는 인연으로 다가왔기 때문입니다.

우리의 인연은
하늘의 뜻으로 맺어졌기에
백발이 성성할 때
회한 없이 서로를 바라보며
그저 그렇게 말없이
당신이 나와 하나임을
알게 되리라 믿나이다.

의 리 義理

한 번 품은 대의는
돌에 새긴 듯
어떤 세파에도 굴하지 않고
펼쳐나가는 것이
대인의 진정한 의리요

세월 속에
강산이 변할지라도
일편단심 지킬 수 있을 때
장부의 참다운 의리요

임과의 약속을
일만 냥으로도
바꾸지 않는 것이
정인의 지고한 의리입니다

만 남

만남은 순리를 따른
하늘의 인연으로
사명실천을 위해
다가올 수 있고

만남은 억겁을 통한
필연의 인연으로
선공덕을 짓기 위해
다가올 수 있고

만남은 인연과보로 인한
원죄의 빚을 갚기 위해
다가올 수 있고

만남은 우연을 통한 상생으로
차생의 복을 짓기 위해
다가올 수 있고

만남은 서원을 통한 사랑으로
행복을 찾기 위해

다가올 수 있습니다.

하늘의 인연
억겁의 인연
과보의 인연
우연의 인연
서원의 인연

우리에게 주어진 인연을
선연공덕으로 승화시키고자 한다면
자아성찰로 바른 깨우침의
마음공부가 받침 되어야 합니다.

세세생생 귀인으로
선연을 만들어 갈 수 있는 만남
지금 이 순간, 정성을 다하는 마음이 있을 때
그 인연은 오래도록 빛바래지 않을 것입니다.

心鏡

2장

마음의
거울

먼저 자기 스스로를 잘 다스려야
모든 인연을 내 것으로 이끌어갈 수 있다

마음의 씨앗

작은 불씨 하나가
온 태산을 불사를 수 있듯이

우리 마음속에 자라나는
마음의 씨앗 하나를
잘못 다스리면
온 우주의 존재자인 나 자신을
다 삼켜버릴 수 있으며
공수거가 될 수 있습니다

불씨 하나를 거룩히 사용하면
세상을 밝게 할 수 있듯이

작은 마음의 씨앗이 자라날 때
잘 다스리면 자신을 선법으로 인도하여
광명한 인생을 열어갈 수 있도록
빛이 되어주고
그 빛은 온누리를 밝히게 됩니다

마음의 거울

나의 눈빛은
상대를 비추는 거울이 되고
상대의 눈빛은
나를 비추는 거울이 됩니다

내 마음의 거울로
나를 비추는 것은
내 감정으로 만든 거울이고

상대 마음의 거울에
비추어진 내 모습은
그 사람의 그릇만큼
보여지는 모습입니다

이처럼 내 마음의 거울과
상대 마음의 거울은
늘 관점 차이가 있으므로
옳고 그름이 아니라
입장 차이가 있음을 아는
지혜가 필요한 것입니다

순리

그대여!
좀 쉬엄쉬엄 살아가시게!

우리 인생은
백 미터 달리기도 아닐진대
너무 급히 서두르지 마소!

서두르다 넘어지면
가던 길 휘돌아 더욱 뒤처지니
한발 두발 걸으며
경치도 둘러보고
삶의 진리 찾아보소!

하늘이 주신 복
다 쓰지 말고 조금은 남겨 두어야
후생에 더 풍요롭다네!

물질에 영혼 빼앗기고
마음 질량 낮아지면
뼈빠지게 모은 재산
썰물에 밀려가는
모래알에 불과하다네!

마음공부 잘하여서
자아성장 이루어내고
이타덕행 공복실현
바르게 성취하면
대대손손 전한 복덕
빛난 인생 될 것이네!

자신의 영체 질량과
운기를 살리는 법

첫째,
모든 사물을 대할 때
밝은 생각으로 관찰하고
넓은 마음으로 받아들이고
영혼으로 느끼는
자세를 가져야 하며
만상의 인연은
까닭이 있음을 알고
공부로 받아들여
원인과 결과가 하나임을 찾는
지혜를 가져야 합니다.

둘째,
현재 자신의 환경을
냉철하게 직시하고
갖춤과 부족함을 찾아내어
바르게 채워나가는
노력이 있어야 하며
자신이 가장 소원하는 일에
간절한 마음으로
이념을 세우고

혼신을 다 하는 노력이
있어야 합니다.

셋째,
사람은
바른 깨우침의 노력으로
자신을 갖추어 나가고
대자연과 소통하는 상생의 기운으로
정기를 채우고
정성스러운 기도로 천신의 가호 원력을 얻을 때
공답을 느끼게 되며
대원성취 할 수 있습니다.

이 세 가지 노력은 내 안에 내재되어 있는
무한한 능력과 신성한 영체 질량을 끌어내어
확장 발현시키는 거룩한 행이 됩니다.

우리가 믿는 하늘은 내 안의 양심에 존재하므로
신성한 자신에게 부끄럽지 않은 노력으로
미래를 열어 가시기 바랍니다.

천복지덕天福地德 1
- 하늘이 주신 복

천지 기운을 받아
우리의 생명 속에 영혼을
담은 것이 첫 번째 복이요,

부모 은덕으로 육신을 받아
이 세상 만물을 보고 듣고
누릴 수 있는 것이
두 번째 복이요,

모든 인연을 주어
자신의 삶을 열어갈 수 있는
능력을 주심이
세 번째 복이요,

지식을 통하여 깨달음으로
바른 인생을 열어갈 수 있는 것이
네 번째 복이요,

이 세상을 살면서 이타덕행으로 전생의 업을 씻고
후생의 복을 만들 수 있는 기회를 얻은 것이
다섯 번째 복입니다.

천복지덕天福地德 2
- 자신이 쌓는 덕

하늘이 주신 복을 감사함으로
널리 이롭게 쓰는 것이
첫 번째 덕을 쌓는 것이요,

부모 은공에 감사함으로
효를 바르게 행하는 것이
두 번째 덕을 쌓는 일이요,

모든 인연을 바르게 대하여
상생으로 득 되게 행하는 것이
세 번째 덕을 쌓는 일이요,

지식을 통하여
자신을 바르게 갖추고
이 세상에 이로운 사람으로 거듭나는 것이
네 번째 덕을 쌓는 일이요,

홍익이념으로 뜻있는 일에
물심 정성을 쏟는 것이
다섯 번째 덕을 쌓는 일입니다.

천복지덕 天福地德 3
- 복과 덕

하늘로부터 부여받은 복은
우리가 이 세상에 와서
누리고 쓰게 되며

자신이 살면서 쌓은 덕은
복으로 후대에 전해질 수 있는 것입니다.

하늘이 주신 복을 다 쓰고
덕을 쌓지 못하면
마치, 부모로부터 받은 유산을
다 써버리고 벌거숭이처럼
후손에 물려줄 것이 없는 것과 같습니다.

우리는 타고난 복을 감사함으로 받아들여
널리 이롭게 쓰되
남겨둠이 있어야 하며
다시 덕을 쌓을 때
영원한 용지무궁用之無窮의 복을 누리게 됩니다.

양 심

우리가 양심을 바르게 지키며 살고자 하는 것은
남을 위해서가 아닙니다

신성한 '참나'를 바르게 운영하여
행복한 자아를 찾는 것이며

영혼을 맑게 하고
건강한 인생길을 열어가는 것이며

탁한 기운을 소멸시킬 수 있는
원동력을 만드는 것이며

업연이 쌓이지 않도록 노력하는
바른 행위입니다

우리의 양심을 바르게 지켜서
행복한 미래를 열어갑시다

칠월칠석

수많은 별들 중에
7자 모양으로 고리를 이룬 북두칠성이여!
대우주 천기 70프로 기운과
지기 30프로 기운이 만나
우주 음양 합덕을 이루었네.

자연의 생명 창조와
생명 질서를 관장하며
영롱히 비추는 일곱 개 별빛이여!

설화 속의 견우직녀는
천지의 기운이 하나되는 칠석날에
오작교를 건너 사랑으로 여한을 풀고 가네.

아!
견우직녀의 지고지순한 사랑과 그리움을
절절히 느끼게 하는
숭고한 전설이구나!

세상 사람들은 견우직녀의
애절한 사랑을 가슴속 정성으로 담아내어
가족의 안녕과 자손을 위해

한량없는 치성으로
하늘에 소원을 전하고자 하네.

창공에서는 오색구름이
서기를 만들고
뭉게구름은
백학으로 날개를 펼쳐 보이고
계룡산 자락에서는
청정 기운이 좌청룡 우백호로
휘어 감고 도는구나!

도원 도량 정기 속에
법문 소리 마음을 깨우고
하나된 정성 속에
우리 가슴 벅차오르네.

도원 진리 깨달음으로
인류 평화 그날까지
쉼 없이 함께할 벗님들이여!

북두칠성 기운 받아
대의성취 이루어내소!

선 택

우리는
주체성을 가지고
늘 선택하며 살아갑니다

바르고 현명한 선택을 하는 것과
무지하고 어리석은 선택을 하는 것은
언제나 자신의 몫입니다

이 세상에는
덧없이 살다가
흔적없이 가는 인생이 있고

이기심으로 살다가
존재 가치를 잃어버리고
허망하게 가는 인생이 있고

바른 이념을 세워
뜻있게 살다가
삶의 주인공으로 이름을
남기고 가는 인생이 있습니다

당신은 이 세 가지 중
어떤 삶을 선택하시겠습니까?

용기

진정한 용기는
어려움에 처했을 때
비굴하지 않고 겸손한 자세로
다시 일어설 수 있는 마음가짐이요

참다운 용기는
자신의 잘못을 인정할 줄 알고
바르게 깨우쳐
개과천선 의지를 갖는 것이요

바른 용기는
사리를 냉철하게 분별하여
의로움을 택하되
지혜롭게 행하는 것입니다

두려움

알 수 없는 운명이
소리 없이 다가옴을 느낄 때
영혼 속으로 두려움이 밀려오고

알 수 없는 인연이 불신으로
다가옴을 느낄 때
가슴으로 두려움이 밀려오고

나의 무지함으로
바른 분별을 하지 못할 때
머릿속으로 두려움이 밀려오고

내가 모르는 세계가
보이지 않는 밤길처럼 느껴질 때
피부로 두려움이 밀려오게 됩니다

우리가 도원 진리를 통해
바른 지식과 깨달음으로
지혜가 열리면
스스로의 능력을 믿게 되며
봄동산에 흰 눈이 녹듯
두려움이 사라지게 됩니다

희 망

우리는 늘 희망 속에
미래를 먹고 삽니다

바른 설계로
미래를 맞이하는 희망은
우리를 성공의 길로 인도하고

욕심으로 가득찬
노력 없는 희망은
우리를 한순간에 늪으로 인도하고

지혜로운 깨달음과 밝은 영성으로
분복에 맞는 희망은
우리를 행복의 길로 인도합니다

열 정

혼이 담기지 않는 열정은
모래 위의 그림이요

사랑이 없는 열정은
석양에 지는 노을이요

정성이 없는 열정은
가을바람에 흔들리는 갈대와 같습니다

혼을 담는 이념의 열정은
돌에 새긴 글처럼
오랜 세월 속에도 바래지지 않고

사랑이 담긴 열정은
세월 속에 녹아있는 명작처럼
가슴을 따뜻하게 하고

정성을 담은 열정은
어떤 사연에도 굴하지 않고
자신을 성공으로 이끌어 갑니다

치유

하늘이 세상을 만들 때
치유하지 못할 병을 준 적이 없으며
치유하지 못할 약을 준 적이 없습니다

육신의 병은 의술과 명약으로
치유할 수 있지만
가슴속 한으로 묶인 병은
오직 도원 진리 영약으로
마음공부 이루어내야 치유할 수 있습니다

그대 육신의 병 또한
마음에서 근본한 것이요
한에 묶인 마음의 병 또한
영혼에서 근본한 것이니

진리 공부로 영성 질량 채워가고
마음공부로 지혜 확장 이루어내면
만병 근원 다스려서
행복 인생 열어가는
자신을 볼 수 있습니다

대 화

대화 속에서
마음을 느낄 수 있고

대화 속에서
기운을 느낄 수 있고

대화 속에서
뜻을 전달할 수 있고

대화 속에서
상대를 이해할 수 있고

대화 속에서
오해를 풀어낼 수 있고

대화 속에서
상대를 도울 수 있고

대화 속에서
상생의 기운을 전할 수 있습니다

가족 간에도 대화가 통하지 않으면
얼굴은 마주보아도
마음은 천 산에 가로막힌 것과 같고

대화가 통하면
모든 인연들이 가족처럼
하나 됨을 느낄 수 있습니다

진정 모든 인연과
바른 대화를 하고자 한다면
먼저, 상대 말을 들어주고 마음을 느껴보세요
그리고 겸손하게 진심을 담아
내 말을 잘 전달하면
대화는 스스로 이루어집니다

명검

저 붉게 빛나는 명검이여!
그 누구를 주인삼아 빛나고자 하였던가!

명검이 탄생하기까지
장인의 혼불과 혈지를 담아
천만 번 두들기고 담금질하여
그토록 쉼 없는 정성으로
땀방울이 이슬 되도록
노력하였나보다

명검은 명장을 위해 쓰일 때
빛이 나고
그 주인 만나지 못하면
칼집에서 벗어나지 못하는
무명검일레라

명검이 명장을 만나
빛이 나듯
우리의 인생 또한
큰 빛으로 성장하려면

삼라만상 용광로에 천만 번
고뇌를 담금질하고
큰 선지자를 통하여
깨달음으로 거듭날 때
명검으로 빛이 나리라

영혼의 치유

어떤 상처이기에
그리도 아파했나요?

어떤 아픔이기에
그토록 괴로워했나요?

어떤 슬픔이기에
그다지도 힘들어했나요?

너무 아파하지도
괴로워하지도
힘들어하지도 마세요.

모든 인연들로 인한
상처와 아픔, 불신과 편견의
모든 근본은 자신으로부터
시작된 원인 과보임을 알아야 합니다.

가슴에 남은 상처의 흔적,
마음에 새긴 한의 흔적,
영혼의 굴레가 된 멍에의 흔적,

그 모든 것을 상대로부터 받았다고

느끼는 것 또한
자신이 만든 인연에서 비롯되었으므로
먼저, 자신의 마음 넓이를 들여다보아야 합니다.

억새풀로 베인 듯
상처에서 벗어나지 못하는 까닭은
자신의 입장에서 바라 본
사연과 사건들일 수 있음을
냉철하게 바라볼 수 있어야 합니다.

모든 인연이 나에게 다가오는 것은
전생 과보로 빚어진 사연을 현생을 통해
빚을 갚게 하는 까닭이요,
하늘이 공부 인연을 주어
자신의 모자람을 채워주기 위함이요,
바르게 성장시키기 위해
환경을 어렵게 하여 경험을 통한 깨우침을
주기 위한 방편일 수 있습니다.

이러한 이치를 바르게 깨달아
영혼에 쌓인 한 을 치유할 수 있을 때
온전한 삶을 살아갈 수 있습니다.

3장

생활의
진리

상대방에 대한 이해와 배려와 믿음이 동반될 때
진정한 사랑이라 할 수 있으며
아름다운 인연이라 할 수 있다

습관

한 생각, 한 행동으로
습이 만들어지고
이미 길들여진 습관은
거울에 낀 묵은 때처럼
쉽게 벗겨내기 어렵습니다

끊임없는 자아성찰로
고요히 자신을 들여다보고
내면의 거울을 닦아내는
노력을 해야만
바꿀 수 있습니다

한 습관을 바꾸면
운기를 바꿀 수 있고
운기를 바꾸면
운명이 바뀌게 되고
운명이 바뀌면
인생길이 밝아집니다

익숙해져버린 거짓 자아로
우리의 몸에 똬리를 틀고 있는
습習
그 습관 하나하나를 인지하고
습의 때를 벗기는
시간을 가져보십시오

노력의 공답은 당신 것입니다

우리는 늘 미지의 미래를 향하여
노력하며 살아갑니다

목적과 이념이 있는 노력이 있고
생각 없이 동물적 감각으로
노력하는 삶이 있습니다

목적과 이념이 있는 노력은
은행에 저축하듯
에너지가 쌓여
반드시 그 공답을 얻게 됩니다

그러나
이념 없는 동물적 노력은
육신을 보존하기 위해
대가를 곧바로 쓰게 되며
쌓이는 공덕은 없게 됩니다

우리의 욕심은 작은 노력으로
큰 공답을 얻고자 하기에

"지금 한 노력의 대가가 과연 있을까?"
일면, 너무 쉽게 기대하며
욕심만큼 이루어지지 않으면
곧 실망하고 서운해합니다

어떤 목적을 향하여
노력하는지에 따라
결과가 달라질 뿐이지
하늘은 노력한 만큼
그 결과물을 반드시 우리에게 전해줍니다

우리의 정성스런 기도나
진실한 행은
대자연의 파일에 저장되며
노력한 만큼 저축되어
공답으로 전해집니다

우리가 행하는 작은 노력에 비해
바라는 게 너무 커서
공답이 없다고 느끼지만

절대, 노력한 대가에는 공짜가 없습니다

전생의 업이 많다면
현재 노력은 그 빚을 갚는 데 쓰이고
금시 공답으로 주어진다면
당신의 크나큰 복으로 발현되는 것이니
그 노력이 어찌 헛되다 하리오

우리 다 함께 큰 이념으로
이타덕행 공복실현을 위해
바르게 노력하면
여러분은 하늘이 주시는
큰 축복을 무한히 저축하여
조상으로부터 자손에게까지 이어
넉넉히 전해지리라 믿나이다

아름다운 인생

우리는 인생을 반드시
아름답게, 복되게, 행복하게
살아야 할 이유가 있습니다

내가 아름다운 모습으로 살아갈 때
주변 환경이 밝아지고

내가 복을 지으며 살아갈 때
상대를 이롭게 할 수 있고

내가 행복하게 살아갈 때
상대를 축복해 줄 수 있습니다

이 세 가지를 갖추어
인생을 열어 가면
모든 인연들은 자연히 밝아지며
모든 업연은 순리로 해원되며
모든 운명은 스스로 좋아집니다

우리들의 자화상

그대여!
우리네 모습이
몇 가지 자화상으로
발현되는지 아시나요?

천 · 지 · 인 삼기天地人 三氣를 받았으니
세 가지 성정으로 나타나는 것은
당연한 이치요
오행의 기운을 쓰고 있으니
다섯 가지 모습으로 변화되는 것은
자연의 현상입니다

그대여!
맑은 눈으로
자신의 내면을
가만히 들여다보세요!

그대 참나의 본성을 들여다보면
양심이 원하는 바른 길을 알게 되고

그대 감성을 들여다보면
어질고 인정 있는 행으로
타인에게 좋은 모습으로 보이고
인정받고자 하는 자신을 볼 수 있고

그대 본능적인 감정을 들여다보면
오욕칠정으로
육신의 편의를 따르고자 하는 것을
느낄 수 있을 것입니다

그대가 참나를 찾아가는 길은
절제와 인고의 노력으로
삶의 가치 질량을 높여가는 길이요

그대가 감성을 따라가는 길은
여리고 착한 인정 때문에
바른 분별을 잃을 수 있는 길이요

본능적인 욕구를 따라가는 길은
오욕과 삼독에 빠질 수 있는 길입니다

참나와 감성과 감정을 중용으로
잘 다스리며 살아갈 때
진정, 바른 인생이 보일 것이요
진정, 아름다운 인생이 보일 것이요
진정, 행복한 인생이 보일 것입니다

그대여!
거울 속에 비추어진 자화상을 보며
어떤 모습으로 인생의 밑그림을
그려 보시렵니까?

진 심

진심은 상대 가슴을
열어낼 수 있고
진심은 상대 마음을
풀어낼 수 있고
진심은 상대와 하나로
소통할 수 있습니다

진심은 상대를
감동시킬 수 있고
진심은 상대를
이해시킬 수 있고
진심은 시간이 지나도
소리 없이 통하게 됩니다

우리는 진심을 담지 못하고
변명으로 대변하고자 할 때가 많습니다
상대와 내가 진실로 통하고자 한다면
사리사욕을 벗어두고
진심을 다해 영혼이 담긴
마음을 전해보세요

상생과 나눔

우리가 이 세상에 올 적에
천지 기운으로 영혼을 부여받고
전생의 인연으로 과보를 부여받고
조상의 음덕으로 정기를 부여받고
부모의 혈언으로 육신을 부여받아
이 세상의 인격체로 탄생되었구나!

본래, 이 몸이 올 적에
빈손으로 왔으나
천지 기운으로 보호를 받고
경험과 학문을 통한 공부로 지식을 쌓고
열심히 노력한 대가로 경제를 이루고
사람들의 인연 속에 상생으로 성장하였구나!

본래, 내 것이 없이 이루었고
이룬 것 또한 모두의 인연 공덕으로 이루었으니
어찌 내 것이라는 집착을 가질 수 있겠는가?

우리 인생 이루어낸 공덕,
하느님의 허락으로 잠시 부여받고
얻어 쓰고 빌려 쓰다

내려놓고 가야만 하는 삶인 것을!

그대, 무슨 집착으로
나누어 쓰지 못하여
복을 짓지 못하는가?

하느님이 주신 은혜
감사함으로 나누어 쓰면
열 배 백 배 공답 쌓여
천복 받는 인생으로
다시 거듭나는 것을,
그대! 이 이치를 얼마나 알고 있는가?

가만히 들여다보소!
홀연히 왔다 홀연히 갈 때
여한 없는 영성으로
이름 석 자 남기는 것이
사람으로 왔다간 흔적이라네!

그대에게 권하노니
주어진 만큼 상생으로 나누다 가소!

미소 짓는 얼굴

마음을 전하는 미소를 지어보세요
기운이 밝아지는 것을 느낄 수 있습니다

자연스러운 미소로 사람을 대하세요
하는 일이 잘 풀립니다

상대를 위한 미소를 지어보세요
소통이 잘 이루어집니다

'소문만복래笑門萬福來' 라는 말이 있듯이
우리가 늘 웃는 얼굴을 지닐 때
신께서 복을 주십니다

님들께서 마음 한 자락 긍정으로 바꾸면
환한 미소로, 상생하는 기운으로
행복을 부를 수 있습니다

그대와 나

'그대와 나'라는 말은
저 높은 산, 계곡 따라 다르게
흐르는 물줄기와 같습니다

그 물줄기는 흐르고 흘러
강으로 모여들 때 하나가 되듯

우리들 마음의 물결도
큰 강을 이룰 때 둘이 아닌
하나로 승화昇華됩니다

그대가 나와 하나되어, 우리가 되는
그 날을 온전히 맞이하기 위해
나는 물과 같은 사람이 되겠습니다

화기를 다스리는 법

가슴속에서 화가 일어나는 것은
자신의 욕심대로
이루어지지 않기 때문이요

가슴속에서 성냄이 일어나는 것은
자신이 원하는 대로
상대가 따라주지 않기 때문이요

가슴속에서 분노가 일어나는 것은
자신이 기대하는 것을 이루지 못함을
상대 탓으로 돌리기 때문입니다

모든 화와 성냄과 분노는
상대로부터 동기가 만들어질 수는 있지만
결국은 자신에게 있습니다

화가 일어날 때
자신의 내면을 들여다보세요

상대로부터 어긋남을 느낄 때
자신도 모르게 분노가 생길 것입니다

진실로 화를 다스리고 싶다면

상대가 내 뜻에 맞기를 바라지 마세요

상대는 내 자신의 욕심을 채워주기 위해
존재하는 것이 아닙니다
오직 자신의 방법대로 살아갈 뿐입니다

상대로 인해 화가 일어날 때는
반드시 인연법으로 깨우침을
주고자 하는 것입니다
그러니 화내는 자신의 모습에
빠지지 말아야합니다

상대를 거울삼아 비추어진
자신의 모습을 돌아볼 때
화는 스스로 다스려집니다

상대 인연으로 화가 났듯이
나 역시 상대에게 화를 일으키는
사람이 되지 않도록
바른 삶을 열어갈 때
빛나는 인생은 스스로 이루어집니다

이해와 용서

사람들은 자신의 과오와 실수는
관대한 마음으로 쉽게 변명하고
아전인수我田引水 격의 잣대로
용서하고 이해하려 하면서

타인의 과오와 실수는
철저하고 엄격한 잣대로
쉽게 용납할 수 없으며
용서하지 않으려 합니다

자신을 용서하는 마음으로
상대를 이해하고 용서할 수 있다면
어떤 인연이든 바르게 대할 수 있고
너그러움으로 포용할 수 있으며
인정받는 사람이 될 것입니다

진정 용기 있는 사람은
다른 사람의 잘못을 이해하고 용서할지언정
다른 사람에게 용서받는 행을 하지 않는 것입니다

우리가 용서받는 사람이 되지 않기 위해서는
늘 깨어있는 정신으로
바른 분별과 지혜를 갖추어
이타적인 마음으로 살아갈 때 가능한 일입니다

우리 모두 인생정도의 진리를 바르게 깨우쳐
이해와 용서는 상대에게 베풀어주고
정작 자신은 용서를 구하거나 받는 일이 없도록
바른 인생을 열어가길 바라나이다

말의 힘

말 속에 무한한 기운과
씨앗이 들어있음을
우리는 알아야 합니다

무심코 한 말이지만
이유 없는 말이 없으며
오가며 들은 말일지라도
까닭 없는 말은 없습니다

바른 말로 좋은 씨를 뿌리면
그 씨앗은 보이지 않는 기운으로
성장하여 공답을 주고
살기를 품은 말의 씨앗은
보이지 않는 탁기로 응집되어
자신을 어렵게 만드는 원인이 됩니다

상대를 위한 진심의 덕담은
상생의 기운으로
선연 공답이 되어 돌아오고
상대를 위한 진심의 충언은

탁한 기운들을 다스리는 원동력이 되어
상대를 지켜주는 약이 됩니다

우리가 말하는 것은
대자연에 축원하는 의미가 있으니
늘 바르고 덕 있는 말로
근본 씨앗을 심어야 합니다

그 말의 씨앗은 성장하여
자신을 지켜주는 힘을 갖게 하고
자신이 우주 공간에 필요한
존재자임을 증명하게 합니다

바 름

바름 속에 仁(인)이 존재할 때
서로에게 도움이 되고

바름 속에 義(의)가 존재할 때
대업을 이룰 수 있고

바름 속에 禮(예)가 존재할 때
사람으로부터 존경을 받게 되고

바름 속에 智(지)가 존재할 때
사물의 물리를 얻어 바르게 운용할 수 있고

바름 속에 信(신)이 존재할 때
모두를 하나로 통합할 수 있습니다

석탑에 서린 정성

옛날 옛적, 자식을 품어 안는
어머님들의 포근하고 따뜻한 사랑이
아마도 알을 품는 새들보다
더 지극했으리라

나 또한 그 임을 닮기 위해
대원을 담은 마음으로
여명을 가르며 신심을 일으키니

태양은 온 누리를 밝히며
시간 재촉 없이도
이 몸을 산자락 아래에
내려놓는구나!

우거진 산림 속
자연 기운을 온몸으로 느끼며
도원 가족 생각하는 열정으로
혼불 사르어 반드시
산봉우리 석탑에 이르리라

산천 계곡들은
청량한 한들 바람으로
이 내 가슴을 씻어주고
굽이굽이 흐르는 계곡물은
생각속의 찌든 때를 씻어주네

저 힘찬 용맥들은 아마도
우리 도원 가족의 기상이요
한량없이 감고 도는 계곡들은
우리 도원 가족 지혜를
열어주는 물줄기로다

한 발 두 발, 셀 수 없는 발자취로
몇 시간이 흘러야
석탑 앞에 설 수 있음을 알기에
용기 내어 오른 발걸음
도원 가족 생각하는 정성으로
땀수건 적시며 석탑 앞에 이르렀네

아! 천지 기운이여!

우리 도원 가족 살펴주소서!
큰 뜻 품고 저 넓은 세상으로 나아가
빛난 인생 열어갈 수 있도록
광명 지혜 열어주소서!

저 힘찬 설악산 기상처럼
드높은 덕망으로
이 세상에 만인을 위할 수 있는
인품으로 성장할 수 있게
큰 기운 열어주소서!

오늘 이 정성, 이 염원이
천지 기운에 동화되어
도원 진리 만방에 퍼져나가리라 믿나이다!

돈

사람들이 그토록 좋아하는
너의 이름은 돈이로구나!

받침하나 달라지면
'돌'이 되기도 하고
'독'이 되기도 하는 돈이로구나!

너는 어떤 재주를 가졌기에
사람 마음을 기쁘게도 하고 슬프게도 하며
생사여탈 권세와
마녀보다도 요물스런 재주를 가졌는가?

돈의 힘을 잘 쓸 수 있는 주인을 만나면
전지전능한 힘을 발휘하고
가치 없이 쓰는 주인을 만나면
모래 위에 뒹구는 돌처럼 무상해지기도 하며
바르게 쓰지 못하는 주인을 만나면
독이 되어 한순간 삶을 파멸시킬 수도 있는 것이
돈의 다면적 모습이구나!

그대여!
돈은 거룩하게 쓰이면
신도 동화시킬 수 있고
명분 있게 바르게 쓰이면
만인을 이롭게 하여
큰 복을 지을 수 있고
덕행으로 복 되게 잘 쓰이면
행복을 만들어가는
원동력이 될 수 있느니라.

그러나
자격이 없는 자가
돈을 가지면 업을 짓는 도구가 되며
교만으로 자신을 베는 칼이 되며
돌멩이로 장독을 깨듯
복을 깨는 무기가 될 수 있느니라.

그대에게 권하노니
돈의 힘으로 부자가 되고 싶다면
먼저 돈을 바르게 운용할 수 있는 자격을 갖추어라!

자격을 갖추지 못한 자가
큰 돈을 얻으려 하면
도리어 화를 부르고
자신을 늪으로 인도하여
인생을 허망하게 만드는 뜬구름과 같느니라.

정녕, 돈을 내 편으로 만들어 행복해지고 싶다면
돈의 가치를 귀하게 여기고
돈이 스스로 따라올 수 있도록
바른 원을 세워
자신과 사람을 위해 득 되게
잘 쓰고자 하는 분별력을 갖추어야 하느니라!

시시비비 是是非非

사람들은 질량 차이가 있어
가치관이 다르고
분별심이 달라
시비를 가리게 됩니다

사연마다 입장이 달라
각자의 잣대로
분별한 기준일 뿐이지
옳고 그름이 아닐 수 있습니다

항상 상대의 입장에서
역지사지로 이해하고 풀어갈 때
상대를 동화시킬 수 있고
현답을 찾을 수 있습니다

주인공

이 세상에는
덧없이 살다가
흔적없이 가는 인생이 있고

이기심으로 살다가
존재 가치를 잃어버리고
허망하게 가는 인생이 있고

큰 뜻을 세워
공익적으로 살다가
주인공으로 이름을
남기고 가는 인생이 있습니다

당신은 이 세 가지 중
어떤 삶을 선택하시겠습니까?

놓아버리기

지나간 일로는
너무 아파하거나 괴로워하지 마세요
그대는 나름 최선을 다했을 것입니다

단지, 영혼의 치유가 되지 않아 온몸으로
트라우마를 떠받들고 있을 뿐입니다

지금부터 다시 일어나면 됩니다
그대는 얼마든지 그대만의 모습으로
잘 살아갈 수 있습니다

지나간 것은 놓아버리고
지금   이 순간부터 뜻있는 인생을
펼쳐가 보십시오

인력引力의 법칙

세상의 모든 에너지체들은
서로 끌어당기는 힘이 있습니다.
자석의 음극과 양극이 서로 따로 있을 때는
원력을 발휘할 수 없지만
서로 합일이 되면 당김의 에너지가 생성됩니다.

그처럼 지상의 질량을 가진 모든 에너지체들은
인력의 법칙 속에 공존합니다.

사람과 사람 사이에도
역시 같은 작용을 하게 되어
같은 질량을 가진 이들이
한마음으로 교합하면
거대한 의기투합이 생성됩니다.

그러나 한 쪽의 힘이 약하면
힘이 센 쪽으로 끌려가게 되어 있습니다.
자신의 힘을 길러야 하는 이유가
바로 여기에 있습니다.

지혜의 힘을 갖추지 못하였을 때는
분별력이 없고 판단 능력이 약하니
힘 있는 자의 꼭두각시가
될 수밖에 없습니다.

하나의 빛나는 별로 태어난 우리가
어찌 그 빛을 잃고 살 수 있겠습니까?

지혜의 힘, 보이지 않는 내공으로
영체질량을 높여간다면
자신의 강한 에너지빛으로
주위의 약하고 어두운 빛들을
하나로 흡수하여
더 큰 에너지로 확장할 수 있고
같은 질량의 상대 에너지와
결합되었을 때
세상을 온전히 밝힐 수 있는
거대한 에너지로 그 역할을 다할 수 있습니다.

祈禱

4장

기도와
명상

가슴에 바른 이념을 품으면 큰 뜻을 이룰 수 있다

기 도

진정한 기도는
본성의 탁해진 기운을 정화하고
전생의 업연을 닦는 것입니다

참다운 기도는
한량없는 믿음으로
마음과 혼을 담아
조건 없는 정성으로
노력하는 것입니다

바른 기도는
자신이 먼저 바르게
성장하는 것이며
인연 닿은 가족을 위해
노력하는 것이며
온 인류를 위해
한 줌의 힘이라도
보탤 수 있는 이타행입니다

조상을 위한 기도는

내 영혼을 성장시키고
빛나는 인생으로 사는 것이며
조상이 집착에서 벗어나
해원 해탈할 수 있도록
바르게 제도하는 것입니다

아름다운 기도는
보이지 않는 마음으로
상대를 위해 노력하는 것이며
소리 없이 자연에 순응하는 것이며
순결한 마음과 영혼으로
노력하는 것입니다

도원 공부

경전을 통한 공부는
지식을 갖추는 바탕이요

법문을 통한 공부는
지혜를 갖추는 바탕이요

깨달음을 얻는 마음공부는
영혼의 질량을 갖추는 바탕이요

경험을 통한 공부는
실증으로 실력을 키우는 바탕이요

사람을 통한 공부는
사물을 운용하는 바탕이 됩니다

우리 앞에 인연 닿은 모든 것은
하늘이 주신 사회 경전이므로
바르게 공부하여
깨우침으로 질량을 높여가면

업장 소멸이 스스로 이루어지고
영혼 해탈이 스스로 이루어지고
운명 개운이 스스로 이루어지고
삶의 질량이 스스로 좋아지고
행복한 인생이 스스로 만들어집니다

천부경 대 서사시 天符經 大 敍事詩

하늘이여!
땅이여!
사람이여!
그 어느 곳에서 조물 되어 왔는가?

저 공한한 대우주 무극에서
하나라는 이치로 천신께서 오시고
하나 속에 둘이 되어 지신께서 오시고
천지가 이루어져 부모가 되니
세 번째 인기人氣로 자식이 완성되었구나!

거룩하여라!
숭고하여라!
창대하여라!

아! 천지부모님이시여!
당신께서 이리도
큰 이치를 담아
계시록으로 유물하셨음을
오늘에서야 알았나이다

가슴이 벅차오르고
심장이 떨려오고
영혼이 달아오르는
이 순간을 아시나이까?

진정, 이 민족의 얼을 깨워주시는
삼성의 지극함이여!

구천 년 역사를 등에 업고
한 서린 인생 고해를 겪으며
진화 발전해 온 이 민족이
때가 되어 지고지순한 가슴으로
대大 원리를 받아들이는
성업聖業이 되었나이다

엎드려 청하옵건데
이 진리가 인류에 퍼져나가
큰 깨달음으로
큰 영성으로
거듭나게 하시어
인류 백성이 하나되는

그날이 온전히 다가오기를
감동의 눈물로 축원하나이다

하늘 천天 자 속에
천지인이 들어있음을 알았고
맞출 부符 자 속에
대자연의 이치가
한 틈도 어긋남 없이
역사로 전해짐을 알았나이다

한 일一 자는
무극에서 태극으로 시작하여
이것이 도원임을 깨닫게 해주시고
두 이二 자는 땅의 이치로
음양이 있음을 알게 해주시고
석 삼三 자에
천지인 삼기가 이루어져
사람이 주인 되는 이치를
진실로 깨닫게 해주셨나이다

천지인 삼기와

북두칠성의 기운이 만나
3대 7의 법칙으로 운행하는 이치가
여기 있음도 알았나이다

하나의 이치로 마침은 있으나
마침이 없는 하나로
세세생생 민족의 얼과 숨결은
대자연 속에서 무궁히
뻗어나가리라 믿나이다

아!
위대하신 성조님이시여!
그 크신 은덕
어이 헤아릴 수 있겠나이까?

다만, 성조님의 홍익이념을
바르게 실천하여
만백성이 함께할 수 있도록
선지자의 역할을 다 하겠나이다

지극정성

정성은 기운을 변화시킬 수 있고
정성은 탁기를 다스릴 수 있고
정성은 신을 동화시킬 수 있고
정성은 사람을 감화시킬 수 있고
정성은 운명을 복 되게 할 수 있습니다

우리는 한 치의 정성이 모자라
공든 탑을 완성하지 못하고 마음을 내려놓는
어리석음을 범하게 됩니다

지극한 정성은
바른 원을 세워 혼魂 · 정精 · 기氣를 모아
일심을 다하는 것이며
그 정성은 천지자연 공간 파일에 저장되어
질량이 채워지면 반드시 공답으로 전해옵니다

욕심을 채우려는 계산된 정성은
천신을 동화시킬 수 없고
우리 가슴을 공답으로 채워줄 수 없습니다

무아공덕으로 내 앞에 주어진 일에
정성으로 최선을 다할 때
천지자연은 스스로 돕게 됩니다

종교의 근본

큰 법으로
큰 진리로
큰 깨달음으로

사람 사는 섭리를
사람 사는 강령을
사람 사는 정도를

배우라!
깨우치라!
전하라!
이것이 하늘의 사명이니라

너 자신을 바르게 세우라!
가족과 이웃에 도움이 되거라!
이 민족을 위해 거룩한 행을 하거라!

이것이 종교의 근본이니
산에 가서 고기를 잡으려하는
어리석음을 범하지 말라

진리를 바르게 잡지 못하고

삶의 이치를 깨우치지 못하고
정도 이념을 세우지 못하여

스스로 어려워지고
가족을 힘들게 하고
나라를 어지럽게 하니
그 원인은 종교법을 바르게 쓰지 못한
너 자신에게 있음을 바르게 알아야 하느니라

'너의 법'과 '나의 법'이
진리를 통하여 하나되는 세상이니라

후천 세상은
진리 공부를 통하여
스스로 깨우치고 성장하여야
너의 삶이 밝아지느니라

도원 진리로
한세상 한민족 거룩한 이념을 세워
인생정도 이타공복
바르게 실천하라는 사명을 전하노라

동안거

춘하추동 운행 속에
수장기가 있듯이
인생 또한 갈무리하는
수행기가 있어야 합니다

만물이 겨울잠을 자며
자양분을 축적하듯이
사람 또한 동안거 공부로
내공을 쌓아야 합니다

분주한 삶 속에 빠져
모순으로 얼룩진
우리들의 자화상을
냉철하게 들여다보고
반성으로 부족함을 채워나갈 때
새봄에 뿌려지는 씨앗처럼
알곡 인생이 만들어집니다

도반들이여!
동안거 수행은 남을 위함이 아닙니다

오직 자아성찰로 영성을 열어
참모습을 찾아가는 정도입니다

공부로 얻어지는 즐거움은
성장하는 영양소가 되어
가슴을 채워줍니다

참된 마음으로
참된 공부로
참된 깨우침으로
동안거 회향할 때
무한공답 성취하시길
천지자연에 고하나이다

명 상

삼라만상 집착에서 벗어나
홀연한 나의 본성으로
한 발 두 발 들어선다

천지의 기운도 고요히 잠재우고
망상으로 흩어진 기운도
영혼 속으로 갈무리하고
초연한 참나를 찾아 들어가 본다

온전히 본성의 성선을 찾아
맑은 영혼으로
한 겹 두 겹 탁한 기운 씻어내고
하늘이 주신 천성을 찾아 청정수 흐르듯
고요히 깊숙한 생각을 넘고 마음을 넘어
영혼의 잠재의식으로 들어가
참 자아로 다시 태어난다

심호흡을 통하여

상단전, 중단전, 하단전으로
기운을 응축하고 회음혈을 통하여
요추, 경추를 지나 백회에 이르러
천문으로 정기를 받아들이고
인당에서 내공의 기운으로 갈무리하여
깨달음의 경지로 들어선다

다시 태초의 기운으로 시작하여
중단전에서 한 호흡을 다스리고
하단전에 이르니
자연 순기와 하나로 동화되어
도원일통 진리가 스스로 가슴속 깊이 전해온다

아!
모든 진리는 순리를 통하여
응축과 분리를 반복하나니
흐르는 물처럼 자연과 더불어 하나로 움직일 때
비로소 명상의 경지는
혼체불이임을 깨닫게 되고
영혼과 깨달음은 자연 속으로 하나되리라!

오늘날 자연의 이치를 깨우치고 보니
무상 세월은 흐르는 물처럼
나를 기다려주지 않는구나!

본래 나는 어디에서 왔는가?

전생의 과보로 빚어진 영혼과
조상으로부터 물려받은 음덕과
부모의 육골을 유산으로 받아
오늘날 나의 모습으로 완성되었구나!

하늘은 어찌하여 억겁의 인연을 통하여
이 몸을 만드셨는가!
나로 하여금 어떤 모습으로
살다오라고 보내셨는가!

수많은 사연 속에 여한도 남기고
기쁜 날의 흔적 속에 보람도 새기고
아름다운 추억 속에 인연들도 간직하였네!

욕심도 꿈도 희망도 다 채울 것처럼
앞만 보고 살아온 세월,
오늘에 이르러 한 주름 더하니
세월 속에 묻어간 인생
문득 뒤돌아볼 때면 망향산 바라보듯
안타까운 심정으로 회한에 젖어 드는구나!

- 하늘의 소리

하늘이 너에게 묻노라
너는 무엇 때문에 허둥대며
집착으로 얼룩진 모습이 되었는가!

보라!
너의 모습이 아름답더냐?
슬프더냐? 괴롭더냐?

모든 것은 다
너의 마음으로

너의 행함으로
드러난 과보이니라
그 누구를 탓하지도 말 것이며
원망하지도 말 것이며
슬퍼하지도 말라!

근본의 인연이 너로부터 시작된 것이니
스스로 그대 안에서 문제를 찾아보라!
하늘은 너를 미워하지 아니하며
괴롭힌 적도 없으며
사랑하지 아니한 적이 없느니라!

너의 모자람을 깨우치기 위해
부모의 심정으로
물가에 내놓은 아이처럼 걱정도 하였고
바르게 성장시키기 위해
회초리를 치듯 시험지로 아픔도 주었느니라!

깊디깊은 천지의 사랑은
언제나 너의 편에서 인도하였느니라!

스스로 깨우치지 못한 까닭에
은혜를 망각하며 살았고
욕심으로 눈을 가렸기에
바르게 분별하지 못하였고
지혜를 갖추지 못하였기에
현명하게 살지 못하였느니라!

그러나 후회하지 말라!
오늘 이전의 인생은
그 누구의 탓으로 돌릴 수 없기 때문이니라!

바로, 깨우치기 전 너의 모습이며
바른 깨우침을 위한 방편이었으며
성장을 위한 밑거름이었느니라!

그러나 오늘 이 순간부터는
모든 책임이 너에게 있느니라!

한 조각 두 조각

너의 마음으로 빚어진 행은
너의 운명을 만들고
결과물로 너에게 전해주기 때문에
지금부터 미래는 바르게 만들어가야 하느니라!

하늘이 너를 이 세상에 보낸 까닭은
동물 육신으로 호위호식하며
덧없이 살다가 오라고 보낸 적이 없으며
진정, 이타덕행으로
사람답게 보람 있게 살다가
모든 업을 벗고 홀연히 열반에 들 때
청정한 영혼으로 거듭나 천상에서 만나는 날
아름다운 창조 인생을 다시 만들기 위함이니라!

오늘날
한 진리, 한 깨달음, 한 지혜 전해주노니
인류 백성을 위해
인생정도 이타공복 홍익세상 실현하여
천지 은혜 갚는 길 바르게 행하여라

계룡산 삼신기도

고요하여라!
엄숙하여라!
성스러워라!

계룡산자락 용맥이 휘어 감고 도는
조상의 얼이 깃든 자리!

정성스런 마음으로
도원님들과 함께 법석을 만들어
천지 어버이와
계룡산 산왕대신님과
모든 대역대신님께
정성으로 기운을 열고자
축원하옵나이다.

우리 님들의 간절한 소망을 담아
일심으로 조상을 해원시키고
업연을 바르게 풀어내고
바른 깨우침으로 인생을 열고자
한마음 한뜻으로 제단 앞에 모였나이다.

단전에서 솟구치는 우렁찬 소리
고요함을 깨며
계룡산에 울려 퍼지니
모든 신께서도 감응하사
축복을 내리시네.

아!
거룩하여라!
숭엄하여라!
창대하여라!

이 정성스러운 기운을
우리 모두 가슴에 담고
도원의 온 가족과 인연을 위해
합장으로 예를 갖추어
혼불을 사르며 축원하옵나이다.

정화수에 천지 기운을 담아
영혼 기를 맑게 하고

맑은 청주에 산천의 기운을 담아
운기를 상승시키며
서로 기운을 나누는
축복의 인연들이여!

우리 도원 가족 모두
신의 축복으로
대원성취 하옵기를
일심 정성으로 발원하나이다.

정한수*

계룡산 정기와
조상님의 얼이 서리어있는
천 · 지 · 인 석탑 제단에
고요히 정화수 한 그릇 올리나이다

인연 조상 집착 여한
홀연히 풀어내어 해원 해탈 회향하고
도원 가족 간절한 소원 담아
성취 공답 이루기를
혼결의 입김 뿜어내며
정성으로 고하나이다

자시에 고한 정성, 인시에 이르니
정기 서린 정화수 결빙으로
혹한임을 알리시네

엄동설한 혹한인들
장부의 뜻을 꺾을소며
서릿발 삭풍인들
달아오른 정념을 눕힐 수 있으리오

천지자연 기운으로
보호막 쳐주시고
대역신장 호신하니
폭풍한설 두려워하오리까

오늘 철야치성 공덕으로
도원인연 대원성취
엎드려 간곡히 청하나이다

---

* '정한수'의 표준어는 '정화수'입니다. 이른 새벽에 기른 우물물을 뜻
  하는데, 이 시에서는 본 필자의 어머니께서 사용하시던 방언 표현 그
  대로 사용하였습니다.

깨달음

내 눈 앞에 인연 닿은 모든 사물이
깨달음을 열어주는 근본이 되니
열린 생각으로 바르게 보아야 합니다

한 생각을 열고 보면
한 이치가 깨달음으로 보이고
무명 생각으로 닫고 보면
광명천지도 바르게 분별할 수 없기 때문입니다

진정한 깨달음은 순간순간
다가오는 인연을 통해
격물치지로 앎을 확장시켜 나가는 것이요
집착으로 편견에 빠지면
아집에 묶여 바른 분별을 할 수 없으니

늘 깨어있는 생각으로
사물을 분별해야 하며
광명한 눈으로 바른 시야를 열어가야 하며
편견 없는 마음으로 지혜를 열어가되

반드시 실천하는 행으로 복을 지어야
운명의 길을 밝게 열어가는
깨달음의 시초가 됩니다

무술년 축시

천지 대자연이여!
비로소 새 기운으로 새해 문을 여는구나!

붉은 태양이
저 멀리 첩첩 산 너머
알에서 깨어나듯
천지를 밝히며
무술년 새해를 알리는구나!

우리들 가슴속엔
너와 나 할 것 없이
절절한 소원을 담아
저 하늘 붉은 기운에
합장으로 염원을 담아낸다

아!
장엄한 새해 아침
영롱히 비추는 하늘빛이여!
이 백성 한 서림 다 풀어내어 창공에 날리우고
새 밝음의 희망으로 가슴을 채워주네

저 큰 빛의 장엄함이여!
방방곡곡 어둠을 밝혀내고
자연 속 만물을 태동시키며
새 기운으로 뻗어갈 준비를 하는구나!

영롱하여라!
숭대하여라!
창대하여라!

동녘 하늘 광대한 한빛 속에 도원 진리 담아내어
이 나라, 인류 백성을 위해
큰 깨달음, 큰 영성으로
홍익소원 이루는 날까지
이 한 몸, 이 영성 아낌없이 바치리이다

하늘이시여!
우리 도원님들의 가슴속 새해소원 광명한 빛으로 이뤄주시고
대의 불변으로 도원호에 홍익이념 가득 싣고
저 빛을 향해 다 함께 항해 하옵기를 청하나이다

백두산 대 서사시白頭山 大 敍事詩

민족의 영산이여!
예맥의 영산이여!
천손의 영산이여!

태고 이래로 단군 성조의
혼불이 담긴 영산!
백두산이 바로 여기로구나!

아!
용트림으로 변화무쌍한 기운이여!
백룡 구름, 흑룡 구름, 쌍을 이루고
백학이 날갯짓으로 천지天池를 품듯
좌우로 펼쳐진 부채 구름
신비롭고 신령스러운 영산靈山이어라!

우리 도원님들
정갈한 한뜻 모아 가슴에 대의 품고
저 높고 높은 백두산 천지天池 향해
힘차게 오르리라

굽이굽이 용맥 따라

북파 봉우리에 다다르니
자욱한 안개비는 눈썹을 적시우고
스치는 바람 소리 옷깃을 여미우네

한 치 앞도 예측할 수 없는 일기 조화는
천지天池 향한 염원을 더하고
열 발자국도 분별할 수 없는
이슬 구름은 우리 님들의 가슴을 적시며
성스러운 믿음 안고
개운開雲 시기 기다리라 하시네!

하늘 향해 울부짖는 축원 소리는
맺힌 여한 풀어내듯
감동의 눈물로 녹아 흘러
스스로 동화됨을 알게 하시는구나!

－엎드려 청하나이다!
천지 어버이시여!
백두산 산왕대신이시여!
숭엄하신 큰 기운으로 구름 한 자락 걷어주시어
광명한 빛으로 천지天池 기운 열어주소서! －

천지天池 앞에 정성 모은 도원 가족
하늘에 간절한 마음 올리오니
천지天地 기운 감응하사
오시午時에 열림을 알리시고
일각一刻을 더 기다리라!
홀연한 영성소리 귓가에 전하시네

열정으로 달아오른 도원님들의 숨소리
천지에 울려퍼지고
간절한 소원 담은 영혼의 기운들은
구름 사이사이로 말없이 전해지네

오시午時를 타고 구름 빛살
한 겹 두 겹 거두시는 신비로움으로
감동의 물결은 장관이어라

아!
위대하시구나!
백두정상 분화구로 천기옥수 담으시어
인류백성 생명정기 근원수로 삼으시고

민족혼불 다시세워 유구역사 만드시니
거룩하시고 창대하시고 숭고하여라!

그토록 가슴 조이며 올린 정성
천지도 동화되어 큰 뜻 열어주시니
한량없는 이 은혜 어이 잊으리이까!

_이 한 몸 성심을 다하여
  인류 백성과 이 나라 민족 위해
  천지 앞에 축원문 올리오며
  천명을 받은 장부 기상으로
  선지자 역할 바르게 할 것을 다짐하나이다_

천지 어버이시여!
혼魂 · 정精 · 기氣를 다하여
바른길 열어가는 도원 가족
도원 진리 큰 배에 모두 싣고
지고지순한 크신 은덕
만백성에 전하여 다 함께 밝은 인생
열어갈 것을 정성으로 고하나이다

장백폭포 長白瀑布

천지天池 심장을 타고 용솟음치는 물줄기
용맥따라 흘러흘러
백 척이 넘는 벼랑 끝으로 쏟아져 내리는 하얀 폭포수

천상에서 선녀가 하강한 듯
신성한 구름옷으로 휘어감고
백룡이 승천하듯 신비롭고 장엄한 기상이여!

압록강, 임진강, 송하강의 근원수가 되어
천리만리 흐르는 물줄기는 민족의 젖줄이 되어
천만 년 역사 속에서도 변함없이 흐르는구나!

아! 장백폭포여!
한민족의 기상이요!
백두 영산 숨결이요!
한 서린 눈물이구나!

우리 영산을 바로 가지 못하고
중원의 허락을 받아야 하는
뼈저린 역사를 되돌리고 싶구나!

우리 민족 삼팔선을 거두고
하나되는 그날
저 장백폭포는 우리 도원님들의
생명수가 되어 유유히 유유히 흐르리라

회향

천지 기운 운행 속
만월 정기 달아오르고
일양이 시생하는 동지에 입재하여
도원 진리 깊은 뜻 가슴에 안고
정성스러운 자아성찰로
동안거 공부 어언 백일
회향 일을 맞이하였나이다

대원 품은 도반으로
근기대로 공부하여
영혼의 목마름을 채우며
육신의 갈증을 채우며
지혜의 부족함을 채우며
천지 은혜에 감사하는 마음으로
회향 축원 올리옵니다

천지 어버이시여!
새 기운 내려주시어
인류 백성 살펴주시고
도원 가족 살펴주시어

한마음 한뜻으로
홍익 나래 펼쳐 나르는
천사들이 되게 하소서!

공부 공답의 기운, 온 누리에 뿌려
공복 실현 이루어내고
인생 정도 실천하여
빛나는 인생 열어갈 수 있기를
간절한 정성으로
대자연 앞에 엎드려 청하나이다

저 검푸른 밤하늘은 해를 숨겨 만물을 잠들게 하여
수많은 별빛들 숨 쉬게 하네

인간도 생로병사를 안고
저 별들과 같은
아무런 이유 없이도
흐트러짐 없이
임자 없이 맛있는 꿈을 꾸게 하네

그대와 나 별 하나
나와 너 별 하나
천상과 지상의 붉은 빛을 받으며

천 가지 색으로 웃으며 춤추는
상상의 빛깔을 바라보며
북두칠성 바라보거나
초롱초롱 반짝이는 별로
이 밤에 잠 못 이룬
큰 별들을 헤아리리라

5장

자연의
순리

참 자아를 알았을 때만이 타인을 품어 안을 수 있다

북두칠성

하늘 가장자리
영롱히 비추는 일곱 개 별이여!

대우주 원소인 사람에게
생명 에너지를
한량없이 열어주는 별이여!

오늘도 저 하늘 칠성전에
두 손 모아 마음을 전하옵니다

인류 민족에게 무한한
생명 에너지를 주시고
바른 깨달음으로
빛나는 인생을 열어갈 수 있도록
축원하옵나이다

감사한 은혜
어이 다 헤아릴 수 있으며
어이 다 갚을 수 있겠나이까

다만 깨달음으로
인류 중생을 위해
도원의 진리로
한뜻 모아 펼쳐나가고자
별님 앞에 정성스레 고하나이다

이 몸 앞에 인연 닿은
모든 인연들 바르게 살피시고
거룩하신 생명 에너지
무한 공덕으로 열어주시어
모두 한마음 한뜻으로 바르게 공부하여
업연해탈 이루고
티 없는 영혼으로 거듭나기를
간절히 소망하나이다

벚꽃

춘삼월
봄기운을 알리는 벚꽃이여!
너의 청수함이 백설같구나!

겨울 나뭇가지에 눈꽃이 핀 듯
아름다움 뿜어내는 벚꽃이여!

도량 길 굽이굽이 호신수로
장식하였구나!

너의 아름다움으로
도량 곳곳을 장식하니
선녀가 하강한 듯
지고지순하구나!

저 하이얀 벚꽃처럼
이 내 마음도 갈고닦아
순백으로 이 세상을 비추리라!

노 을

저 석양을 품고 있는 노을이여!
저 서산에 걸려 있는 노을이여!
저 태평양에 떠 있는 노을이여!

세월의 무상함을
저 노을빛은 아는지
한 줄기 빛으로 내일을 기약하기 위해
준비를 하는구나!

오늘 하루도 아름답게 갈무리하는
저 노을빛처럼
나의 인생 여정 도화지에
한 폭의 풍경화를 그려보리라

이런들 저런들 탓하지 마소
우리네 인생도
저 노을빛과 다름 없으리라

반 달

저 달은
누구로 하여금 짝을 이루고자 한
반달인가?

하루 이틀 보낼 때마다
임의 가슴으로 채워지는
저 달빛이여!

애태우지 않아도
저 달빛은 임을 만나
하나가 되어가네

부끄러운 듯
구름 사이로 드리운
저 달빛 속에는
한 쌍의 토끼가 사랑으로 방아를 찧네

저 반달도 짝을 이루어 완성하고 나면
또다시 임을 보내는 아픔은 있겠지만
그 또한 내일의 희망을 위하여

감내해야 하는 달빛이어라

검푸른 바다에
영롱히 비추며
파도소리에 음률을 맞추는
저 달빛은 아마도 임 그리는 가슴이어라

그대가 반달로 미완성인 것은
짝을 기다리는 까닭이 있음이요
선남선녀善男善女 또한
그대처럼 임 그리는 것은
빈 가슴을 채워
원형의 달빛으로
빛나고자 함이로다

단비

가뭄에 단비는
저 들녘에 초록빛 곡식을 적시어
생동으로 살아나게 하고

우리 목마른 가슴은
마음공부로 채워갈 때
기쁨으로 살아납니다

서로 소통이 어려워
오해로 분열된 심정은
믿음의 대화로 풀어갈 때
생기로 다가오고

너와 나
마음의 잣대로
분별이 달라
갈등이 빚어질 때
인내가 아니라
이해로 풀어가야
서로 득 되는 삶을 살게 됩니다

한 줄기 단비처럼
소중한 사람이 되고 싶다면
내 앞에 주어진 인연을 공부로 삼아
깨우침으로 받아들이고
스스로 성장할 때
모든 인연들은
나를 소중히 여기게 됩니다

일 침

침은
혈관을 자극하여
기를 뚫어주고
병을 다스리듯

고뇌를 통한 깨우침은
우리의 막힌 가슴을
뚫어줄 수 있습니다

침이 살갗을 찌를 때
아픔으로 두렵지만
치병하기 위해서 맞는 것처럼

우리의 영혼은 아픔을 두려워하지만
쓰라린 경험을 통하여
성장하게 되고
면역성이 좋아집니다

그러므로
아픈 경험이 다가올 때

두려워하지 말고
모든 사물을 침과 쓴 약처럼 받아들여
잘 소화하면
반드시 환희의 결과를
얻을 수 있습니다

만 행

대자연 속에
몸과 영혼을 맡기고
만행길을 나서본다

산천을 베개 삼고
하늘을 이불 삼아
떠나는 나그네길
인연 닿는 곳마다
자연의 아름다움과
광활한 저 경관들이
경외로움으로 다가온다

저 하늘 아래
구름 사이로 비추어 보이는
대서양 푸른 바다
끝없이 펼쳐보이는 대륙 날개에
사하라 사막과 바이칼 호수가
자연의 위대함을 가슴으로 전해준다

황홀함으로 뛰는 가슴은 쉴 줄 모르고

뭉클하게 다가오는 느낌들은
긴장한 가슴을 풀어내며
감사함으로 다가온다

아!
천지 자연의 장엄함이여!
가도가도 끝없이 펼쳐 보이는구나!

저 빛나는 태양이
시간이 지나도
그 자리인 듯 보이는 까닭은
한없이 그곳을 향하여 가고 있음이로다!

우주 속에 지구는
한 덩이로 하나인데
태양이 비추는 시간이 다르고
인류 백성의 조물 된 모습 또한
천태만상으로 빚어놓았구나!

그러나 사랑과 행복을 찾는 마음은 하나이고

진리를 찾아 깨달음으로 향하는
영성 또한 하나일 것이라

장부의 웅대한 뜻
저 자연 속에 흡수되어
도원의 깨달음으로
인류를 향하여 끝없이 날갯짓하리라

만년설

아!
설산이여!
설경이여!
설원이여!

일만 년이 넘도록
새 옷 갈아입어도
언제나 그 모습일레라

장엄하여라!
웅대하여라!
순백이어라!

백학이 앉아 노닐어도
분별할 수가 없겠구나!

태고 억만 년 세월
계절 변화에 응하지 아니하고
지조를 지키며
절경임을 우리 가슴속

감동 소리로 답하게 하는구나!

천지자연이여!
참으로 위대하시구나!
몸서리치도록
다 알 수 없고 볼 수 없음은
우리로 하여금 자연의 지고함을 알게 하여
한 줄기 빛으로 전하고자 함인가?

아마도 우리들 스스로
깨닫고 성장하여
대자연의 숭대함을 알아볼 수 있게 하심이라

알프스 산맥따라 흐르는 물결
저 아래 들녘에는
한 폭의 수채화로
고요와 평화를 드러내고
절벽 줄기를 따라 힘겹게 오르는 철마는
절경 속으로 말없이 인도한다

흠뻑 빠져드는 이 감동을
그 누가 대신할 수 있겠는가?

삼천오백 미터 설산 어깨에 몸을 맡기고
정신줄 붙잡은 채 백설경에 동화되어
강설풍 맞으며 시린 손 모아
하늘에 깊은 뜻 정성으로 고해본다

아!
나그네여!
큰 진리, 큰 깨달음으로 한 줄기 빛이 되어
만년설 앞에 다시 서는 그날
감동의 기운으로 녹아내릴 수 있게 하리라

로마 왕국

이천 년이 넘는 역사 속에
묻혀버린 영령들이여!

혼불 사르어 만들어진 성벽 속에
화려한 화폭 석각들
수백 년 피땀으로 이루어진
유산물이구나!

어떤 풍우에도 견디고 견딘
길고 긴 세월의 흔적으로
다시 살려내니
참으로 위대한 작품이구나!

허나, 저 탄식소리 얼마나 애절한가!
혼신으로 빚어진 작품 속에
희생의 대가가 들어있음을
얼마나 알겠는가!

오늘에서야 님들의 장인 정신이
세월 속에 때 묻고 이지러진 모습으로 드러나

모골을 성성하게 하는구나!

님들이 지어놓은 역사물 앞에
후인들이 관광으로 다가와 감탄으로 기리지만
님들의 한을 어이 다 풀 수 있으리까?

이 나그네는 님들의 애절한 숨소리를
가슴으로 느끼고 절절한 여한을
영감으로 감지하나이다

님들이시여!
역사로 묻어간 시간을 통해
이제서야 위대한 작품으로 승화되어
온누리에 퍼져나가
후손들 가슴속에 혼불로 살아나고
역사의 거름이 되었나이다

그 위대한 희생이
빛으로 살아난 까닭을
이 나그네는 알아볼 수 있으니

부디, 서려진 한 다 풀어내고
영혼 해탈 이루기를
천지에 고하나이다

* 님은 맞춤법상 '임'으로 쓰여야 하나, 본 시집에서는 사랑하는 '임'으
  로서의 의미보다는 존칭어로서의 '님'을 쓰고자 한 것이기 때문에 맞
  춤법과 달리 시적 허용을 사용하고자 합니다.

창 공

창공을
초록빛으로
물들인 정자나무 가지가지마다
맑은 산소 뿜어내며
그늘 한자락 드리워주니
무릉도원 자리가 바로 여기로구나!

너와 내가 따로 없는 벗님들
서로 모여앉아
한 잔 더 받게
한 잔 더 먹소
정담으로 마음을 나누니
진정한 영혼 자유가
여기 있음이로다

저 창공이 티 없이
우리를 품어주듯
우리 또한 서로를
믿음으로 품어준다면
우리 가슴은 저 창공처럼
티 없이 영롱한 빛이 되리라

만추

가을은 은행잎 떨구며
홀연히 떠나가려 하네

그대가 떠나면 겨울은
예고 없이 다가오리라

늦은 가을밤
삭풍은 이 가슴을 여미게 하고

임 향한 단심은
가슴 언저리를 담금질하네

아! 가을바람이여!
그 누가, 가을은 사내의 계절이라 했던가!

지천명에 이르러
세월의 무상함이
화살처럼 다가오는구나!

늦출 수 없는 시간 속에

애끓는 장부의 심장
쉼 없이 뛰는 까닭은
그 뉘를 위함인가?

이 한 몸, 이 세상과 이 백성 위해
반석 하나를 놓는 마음으로
가을밤 달빛에 정념을 전하여 본다

가을을 보낸 겨울만이
새봄을 맞이할 수 있듯
그렇게 자연의 순리 속에
대의를 담은 꿈은
내일의 봄꽃을 기다리네

보름달

님들의 소원 담은 눈빛들을
하나도 외면하지 아니하고
눈부시지 않을 만큼
밝은 빛으로 영롱히 품어주는
가을 하늘 보름달 빛이여!

너는 어이 그리도 청정한 빛으로
포근하고 은은한 어머니 품처럼
정겹게 우리를 맞이하는가?

저 산봉우리에 걸린
휘영청 밝은 달빛 속에
전설의 토끼는 사랑의 방아로
희망 송편을 빚어 우리들 가슴에
듬뿍 나누어주니
님들마다 느끼는 감동
어찌 다 그려낼 수 있으리요

달빛에 동화되어
사무치도록 임 그리는 벗님들은

마음의 백지 한 장 펼쳐놓고
생각의 붓으로 영혼에 담긴 사연
한자락 한자락 꺼내어 일필휘지로
저 둥근 보름달에 전하여 본다

염원 담은 축복 편지
달빛 원력으로 온누리에 전하여
가가호호 행복 웃음
빛나는 한가위이길 진정으로
바라노라

입 춘

천지자연 섭리여!

동한지절 다 보내고
입춘절기로 봄기운을
맞이하오니
대길법력으로 운수대길
만사형통 이루소서!

건양기운으로 동방에
태양정기 비추오니
다경원력으로 가가호호
다복경사 채워지길 축원하나이다

온 누리 국민들이여!
입춘대길 건양다경 하옵소서!

공기

대우주 공간에 생명에너지로
만물을 성장시키는
보이지 않는 물질 에너지 공기여!

한 숨 들이마시고 내쉴 때마다
우리 육신을 영속하게 하는
자연의 생명 에너지 공기여!

당신의 에너지가 그리도 소중하건만
그 은혜 몰라주어도
노여워하지 아니하고
어떤 생명이라도 품어 안는
거룩한 당신이여!

당신의 생명에너지로 품어주는
한량없는 사랑을 본받아
바른 깨달음으로
대자대비 영성을 갖추어
말 없이, 티 없이, 행 없이
모든 공답을 세상을 위해 드리우리라

느티나무

뜨거운 햇살 내리쬐는
여름날이면 동네 어귀에 지킴이로 자리 잡은
정자나무 한 그루
그늘 드리워 쉼터로 자리 잡는다

너의 이름은 느티나무
부챗살처럼 활짝 핀 가지가지마다 양산이 되어
저 광열光熱한 햇살에 맞서는구나

봄이면 초록빛으로 풍광을 자랑하고
여름이면 울창함으로
그늘이 되어주고
가을이면 단풍으로 수를 놓고
겨울이면 혹시나 빛을 가릴까
희생으로 잎을 떨구네

웅장한 기상은 장부의 기상이요
품어 안는 기운은 여인의 품이로다

느티나무여!
도량 중심에 우뚝 선 느티나무여!
너 또한 언제나 말없이 계절 따라 옷을 갈아입으며
우리를 맞이하는 벗이로구나!

별

저 검푸른 하늘에 은하단을 이루는
수많은 별들이여!

인기人氣로 인연 닿은
저 별들은
아무리 많아도
흐트러짐 없이
임자 찾아 기운을 전하는구나

그대의 별 하나
나의 별 하나
천상의 인연으로 빛을 발하고 있으니

천기天氣로 보여주는
상징별이 되어
북두칠성만큼이나
초롱초롱한 빛으로
이 백성 살피는
큰 별들이 되리라

도원의 뜻으로 함께한
임들의 별 또한
영롱한 빛으로 저 하늘을
아름드리 수놓을지니

맑은 영성으로
티 없이 살다가
본 고향 찾을 때
우리 별들은 거대한 은하수가 되어
이 세상 널리널리 비추리라

연 꽃

청수하게 피어나는
아름다운 연꽃이여!

너는 어이 진흙탕에 뿌리내리고
그리도 숭고한 자태로 피어났는가?

연꽃을 보는 눈빛들은
겉모습에 반하여 청아함을 찬탄하지만
깨끗한 부처의 마음을 품고 피어나기까지
그 질풍의 시간을 아는 이가 몇이던가?

저 연꽃처럼 피어나기 위해
삼라만상 인생고해를 넘고 넘어
한 깨달음 얻어 광명한 빛으로 발현되는 날
연꽃의 마음을 진실로 알 수 있으리라

연꽃이여!
너의 아름다움이 이 내 가슴
심안에 비추어질 때
부끄럽지 않도록

삼독과 오욕에서 벗어나
밝은 영성의 큰 깨달음으로
님들의 맑은 눈에
고요히 비추어지길 바라노라

한 강

백두대간 용맥 따라 흐르는 정기
설악산 넘어 오대산을 지나
태백산 계곡 줄기
검룡소에서 발원되는
한강의 원천수여!

천 리를 멀다 아니하고
강줄기를 이루며
한강에 이르렀네

북으로는 삼각산 용맥이 현무를 이루고
남으로는 관악산이 주작을 이루어
청룡수류를 백호가 품어 안고
도읍지를 이룬 명지로구나!

한양 도읍 600년 세월에
선천 기운 마무리하고
후천 시대 열어가는 길목에 놓여있구나!

이 백성 삶의 젖줄이 되어

어머니처럼 감싸 안은
생명의 근원수 한강이여!
유유히 흘러라!

창창히 흐르는 물줄기에
대원大願의 꿈을 싣고
저 태평양 바다를 향하여
쉼 없이 함께 흐르리라!